KB044115

푸른사상
시선

111

너도꽃나무

김미선 시집

푸른사상
PRUNSASANG

푸른사상 시선 111

너도꽃나무

인쇄 · 2019년 10월 5일 | 발행 · 2019년 10월 10일

지은이 · 김미선
펴낸이 · 한봉숙
펴낸곳 · 푸른사상사

주간 · 맹문재 | 편집 · 지순이, 김수란 | 마케팅 · 김두천
등록 · 1999년 7월 8일 제2-2876호
주소 · 경기도 파주시 회동길 337-16(서패동 470-6) 푸른사상사
대표전화 · 031) 955-9111(2) | 팩시밀리 · 031) 955-9114
이메일 · prun21c@hanmail.net / prunsasang@naver.com
홈페이지 · http://www.prun21c.com

ⓒ 김미선, 2019

ISBN 979-11-308-1466-7   03810

값 9,000원

푸른사상 시선 111

너도꽃나무

이 책은 서울문화재단의 지원을 받아 발간되었습니다.

서울문화재단

　시 쓰는 일이 참 좋았다.

　산 정상에 올라 하늘과 땅을 한눈에 바라볼 때처럼.

　소설은 읽는 건 즐거워도 쓰는 건 고역이더니, 시는 쓰는 순간이 더 짜릿했다.

　자다가 잠결에 한 줄 쓸 때도 있으니 이야말로 의식과 무의식의 통합이 아닐까.

　또 떠나고 싶을 때면 윗도리 하나 걸치고 휙, 나가는 것처럼 그렇게 홀가분할 수가 없다.

　물론 초심자로서의 철없는 변(辯)이라 앞으로 잘 쓸 수 있을지는 모르겠으나 즐거이는 할 수 있을 것 같다.

　내가 나를 늘 응시해온 것처럼

　강물을, 산맥을, 그리고 역사를 응시하는 일이란 언제나 흥미로울 테니까.

　그러나 어떤 약속도 하지 않으련다.

　내 몸에 힘을 빼고

　삶의 흐름을 타고 그저 흘러갈 뿐.

2019년 10월
김미선

| 차례 |

■ 시인의 말

제1부

제2부

제3부

제1부

반달

눈물에 미끄러져
내가 울고 있을 때

그대
먼 곳에서 조각배를 타고

새하얀 노로
푸른 하늘을 저어

하얀 반달로
오시는 당신

나무가 애인이던 시절

자주 나무한테 가던 시절이 있었네
듬직하면서 위로 쭉 뻗은 나무
팔을 힘껏 벌리고 가슴을 등피에 꽈악 붙이면
그의 심장 소리가 들려왔지

어디에 닿을 곳 없는 이마로
엎드려 고개 숙일 때
나무는 내가 닿는 자리마다
그의 이마로 현현했지

그의 몸에
내 몸을 붙이고 눈을 감으면
저 아래 묵은 서러움이 물관부 수액을 타고
흘러 흘러 나갔어
그러면 그럴수록 더욱 환해지는 부끄러움

그래도 나무는
나를 꼭 끌어안고

탁한 호흡을 가라앉히고
달콤한 수액을 내 몸 안으로 흘려보냈지

나도 너처럼 나무가 되고 싶어
언젠가 투정했을 때
그는 나직하게 웃대
우듬지에 매달린 잎들도 웃음이 되어 쏟아지대
햇살도 화르르 풀어졌지

헌사(獻詞)

흐르는 눈물
방울방울 모은다

뜨거운 슬픔
차곡차곡 모으고 있다

눈물 없이
어찌 배를 띄울까

슬픔 없이
벽돌을 어찌 쌓을 수 있을까

고통 없이 어찌 너를 알까
거기서 비명을 지르고 있는 줄
내 살과 뼈가 말해주지 않는다면

나는 달콤한 살을 땅속에 묻고
고소한 뼈를 물 위에 뿌린다

너에게 가는 뱃길을 만들려고

하늘로 오르는 망루를 짓기 위해

주름

어룽어룽 강물도 그늘이 져야 아름답다
민듯한 물살이
바람과 햇살에 자글자글거려야
더 반짝이나니
시냇물도 조약돌에 흔들려야
더 환해지나니

그러니 당신이여
내가 울 때
울고 있다고 말하지 마시라
나의 눈물이 방긋 웃고 있는 거니까
먼 길을 돌고 돌아
그제야 솟아나는 한 방울 샘물이므로

주름은 웃음의 어머니
눈물이 활짝 웃을 때 열리는 꽃
오랜 근심이 묵어 흘러내릴 때
뒤꼍에서 피어나던 튼튼한 맨드라미처럼

아 아

지극한 그리움이 피워낸

우담바라 꽃처럼

4월의 안부

팽목항에 이르는
가없는 물결 몇만 년인가
팽목항에서 걸어 나오는
발자국 또 몇만 번째였나
거기 모퉁이
나무 한 그루 흔들리고 있네
아직 목이 가느다란 목련
그 끝마다 매달린 하얀 손
소리 없이 바람 없이도
스스로 흔들리고 있네
우리 여기 있어요
여기 우리요
서로서로 건들리면서
겹쳐지기도 하면서
4월의 안부
전해오고 있었네
석가모니 영원으로 화(化)하던 날
울음으로 달려온 애제자 가섭을 위해

두 발 관(棺) 밖으로 쑥 내미신 것처럼

꽃으로 화(化)한 우리 아해들

순정한 손 흔들어주고 있네

영원에서 영원으로

건너가고 있네

흉터

아스팔트도
어쩌다 구불텅 꺼진 곳 있어
사락 사락 빗줄기
동글 동글 무늬로 번져나네요

이 마음에도
기우뚱 파인 자리 있어
당신 그림자
꽃잎으로 흔들립니다

꿈

지리산 천왕봉에서

강원도 고성 향로봉까지 701킬로미터

백두대간 백두산 장군봉까지 1,625킬로미터

가령/ 기우뚱한 내 몸이라면

얼마간 걸려 갈 수 있는 거리일까

방 안에 누워/ 싱겁게 헤아려보는/ 내 마음의 도량법(度
量法)

이리 막 웃고 있어도 되는 걸까

남서향 여기는
겨울이면 떼부잣집이다
앞 베란다에서 뒷방까지 햇볕 가마니들이 차곡차곡 쌓이고
그 밑에 깔린 고양이
배를 굴리다 뒹굴어져 자는 것 보노라면
천년 같은 웃음이 쏟아지는데

이 집에 들오겠다고
그림자같이 따라붙는 아이
아파트 현관문을 닫아버리면
찌르는 비명
긴 장마 끝나고 우묵사니 깊어진
풀섶을 제초기로 자르던 날

느지막이 사료 한 움큼 들고 나간 슬리퍼 끝에
허방지방 달려오는 노랑이
윙윙거리는 톱니바퀴에
잘려진 푸른 모가지들

생비린내 그 속을 비척여 나와
내 발에 제 머리통을 붙이고
그냥 잠들어버리던

내가 그 아이를 데리고 들어와야 할
이유는 하늘보다 컸고
데려오지 못할 핑계도
뒷간 지푸라기처럼 널렸으니
그해 겨울이 오기 전에
기어이 남의 차에 실어 보내고
내가 애모하던 그 사람은
사막으로 떠났는데
타클라마칸 사막으로 걸어 들어가 다시는 오지 않고 있
는데
나는 여기서
여전히 여기에서
이리 막 웃고 있어도 되는 것일까

닭 두 마리 값

우리 마을 어귀에
오래된 동네의원 하나 있었으면
붉은 벽돌 흙빛이 된 단층집에
치유된 흉터처럼 담쟁이덩굴 거뭇거리고
뒤꼍엔 백일홍이나 채송화가 피어 있는 집
동네 어른부터 아이까지
훤히 꿰는 어깨 구부정한 의사와
직원인지 인척인지 헷갈리는 간호사도 두어 명 있는데
언제나 웃음을 머금다가도
절래절래 고개를 젓기도 하는 병원
—닭 두 마리 값을 내주시오
6·25 시절 영양실조 처방전을 내린
청십자 장기려 박사처럼
영양과잉의 이 시대
—하루 물 2리터
—햇볕 두 바가지
혹은
—웃음 세 포대

이런 처방전을 내리는 의사
그런 병원이
넉넉한 느티나무처럼
우리 동네 초입쯤에 있었으면

아부지 가신 곳이 지평선 저 너머인가

발끝이 짧은 나는 모른다
말없이 터벅터벅
빈 하늘을 따라서 걸어가는 길

도부(到付) 방
철 따라 바꿔 드는 사내들 틈에서
끝까지 아랫목을 사수하시던 애꾸눈 할배
삼동 한파에도 철도 하역장
고물 수거하러 갔다가 동태가 되어 돌아오던 날
벌겋게 단 구들목도 그를 녹이지 못해
마침내 목숨을 놓던 날
어둠사리 몇 동 지게에 지고 산으로 들어가던
어리숙한 자들의 말없는 행렬

여태 발끝이 모자라는 나는 모른다
묵묵한 어깨들이
긴 그림자를 남기고 넘어가는 곳

먼 길에서 돌아와

아랫목을 먼저 차지하겠다고 싸우던 그들에게

한껏 군불을 넣어주고

돼지머리 국밥에 대포 한 주전자씩 안기던 아부지

식구 먹일 돈은 없으면서 술 살 돈은 있더냐

악장치던 아내를 피해

슬그머니 자리를 뜨시던

발끝이 짧은 나는 아직도 모른다

하늘이 가득가득 열린다는

지평선 너머 아부지 가신 곳

반말 선언문

나는 반말이 하고 싶다
누구한테도 존댓말을 하고 싶지 않다
깍듯이 존대하면 왕따 시키는 것 같아
진심으로 반말을 해드리고 싶다

사랑하는 자여
나는 나한테처럼
그대에게 투덜거리고
때론 참을 수 없어 욕까지 퍼붓는다

그래서 자주 웃음 웃고
더 흐느껴 운다
나도 모르게 당신과 더해지거나 곱해져서
제기랄!

그러므로
나는 그대에게 존댓말 따윌랑 바치지 않을 것이다.
주절주절

그렇게 주절일 것이다.

O. K?
O. K!

차례

차례상 차려
술잔을 채우고 절을 올리고
잠시 기다리는 사이
가신 분 이름을 불러보았다
어룽어룽 흔들리는 촛불 아래
김명○ 이정○
시아버지 이름은 친정아버지와
돌림자처럼 끝 자만 달랐다.
정신대 징집을 피해
부랴부랴 시집을 오셨다는 시어머니는
친정어머니와 26년생 동갑
성격이 깐깐하고 훤출하셨다는
시할아버지 함자는 김선○
내 이름과 글씨 한 자만 빼고 같으시다.
안복○ 시할머니는 골격이 굵고 신심이 굳으셨다고 한다
그리고 시삼촌 영수와 철수
한 분은 인민군
한 분은 국군에 징집되어

스무 살 어름에

목숨을 잃었단다.

볼이 패도록 곰방대만 빨던 시할아버지는

일찍 세상을 뜨시고

시할머니는 해 질 녘이면

대문 밖에 하염없이 서 계셨단다

아버지 삼촌이 괴뢰군이었다는 말에

아이들이 까르륵 웃었다

그 이름도 어마무시한 괴뢰군!

영수 삼촌은 막 첫아이를 낳은 신혼이었더란다

그런 그가 밤마다 사상 교육을 나가더니

인민군이 되었다고

그러게, 가난한 이 땅의 새파란 청년인데

능력만큼 일하고 평등하게 분배한다는 이념에

누구라서 흔들리지 않겠는가

우리 모두 차례상 앞에서

고개를 끄덕이며

가시 부득 이름을 가슴에 한 번씩 담아본다

서러운 우리 강산에

강산에가 부를 때마다
우는 노래, 〈라구요〉
남북합동 평양공연에서도 이걸 부르며
부모님 생각에 울었다는데
함경도 북청 출신인 그의 아버지 18번은
두만강 푸른 물에 노 젓는 뱃사공……
충청도에서 함경도로 시집갔다가 1·4후퇴 흥남부두에
서 피난 나온 그의 어머니 18번은
눈보라 휘날리는 바람 찬 흥남부두에……

난민을 크게 거두었다는 뜻인가, 거제(巨濟)도 포로수용
소에서 나와 강산에를 낳고 죽기 전에 꼭 한 번만이라도 가
봤으면 좋겠구나, 라고 읊조리다 먼 길을 떠나신 아버지

노래를 부르던 강산에
흐르는 눈물 멈추지 못해 기타만 둥둥둥
그저 둥둥둥 둥둥둥
밴드도 관객도 말없이 둥둥둥

북한 강산에도 둥둥둥

남한 강산에서도 둥둥둥

말없이 둥둥둥

그저 둥둥 둥둥둥

      둥둥둥둥

        둥둥둥둥

          둥둥 둥둥둥

가난하다고 사랑이 없겠는가*

저기 애오라지 고갯길 구비구비
뱅글뱅글 뱅뱅이재 돌아서 가면
아리아리 아라리요 서른여섯 굽이 넘어서 가면
하늘 아래 땅 위에 하나밖에 없는 사랑이 산다네

춘삼월의 눈 아직도 새하얀
하늘 아래 첫 동네, 정선 뺑대에 가면
낭떠러지에 매달린 사랑이 있다네

흙도 없고 물도 없고
애오라지 두 몸땡이 절벽에 매달려
하늘만 바라보는 동강 연인이 산다네

석회암 낭떠러지 끝에 매달린 사랑
그 사랑 뉠 곳 없어 눈물로 하얘진 몸
스스로 이불이 되고 지붕이 된 동강고랭이 할배
이 사랑 죽어도 죽지 않아
동장군 시퍼런 바람에도 꿋꿋이

해마다 삼월이면 부활한다네
바늘 끝처럼 꼿꼿이 일어선다네

보랏빛 아가씨도
그의 하얀 이불 속에서 깨어난다네
하얗게 늙어버린 동강고랭이를 닮아
솜털 하얀 할미꽃 되어
눈 속에서도 보시시 일어난다네

그리하여 하늘을 향해 손을 흔든다네
들에 핀 할미꽃은 고개를 숙이지만
절벽에 동강할미꽃은
하늘을 향해 똑바로 일어선다네

이미 다 울었으므로
이미 헐벗어보았으므로
이미 죽었으므로
이젠 태양을 향해 일어설 일만 남았다네

거기 애오라지 고갯길 구비구비

뱅글뱅글 뱅뱅이제 뱅뱅 돌아서 가면

아리아리 아라리요 서른여섯 굽이 돌아 돌아서 가면

하늘 아래 땅 위에 하나밖에 없는 사랑이 산다네

* 신경림 시 「가난한 사랑 노래」 중 "가난하다고 해서 외로움을 모르
  겠는가" 구절을 변용함.

탑석역(塔石驛)

발길이 끊긴 깊은 밤
경전철 종점 탑석역에는 다시 불이 켜진다
길 잃은 이들 집이 없는 자들
찾아오기 쉬우라고 꽃불 환하게 켜고
둥실둥실 떠오른다

낮에는 세상길로 흘렀다면
지금은 밖으로 뻗은 무도장
우리 서로 가볍게 껴안고
사뿐사뿐 스텝을 밟노라면
트럭 바퀴에 뭉개진 뒷발도 여기선 그만
얼음에 박힌 푸르딩딩 몸뗑이도 이제는 그만
꽁꽁 비닐봉투에 버려졌던 기억도 다시는 그만

탑석역 차창마다
별의 등불 걸어두고
우리들의 어제
만장(挽章)처럼 걸어두고 가볍게
가벼얍게 떠나갈 이별의 정기장

비로소

늦게까지 시집을 읽고 있는데
방문 지나 화장실로 가던 남편
비주룩이 딜다보고 그런다.
ㅡ왜 안 주무시나?
ㅡ자야지요.
무거운 돋보기를 벗고 답하는데
문을 닫아주고 가더니 다시 돌아와
ㅡ그만 주무시오. 그러다가 다 늙는다.
그 말에 웃는다.
주름이 빙긋이 웃는다.

강변 전설

열서너 살 언니 빨래통 이고
퐁퐁샘 빨래하러 가는 길
푸른 둑길 너머
연두 밀밭 지나
갓 시집온 숙모 다리보다 하얀 모래밭
북두칠성처럼 반짝이던 자갈돌

납작한 돌 골라 앉으면
모래 퐁퐁, 햇빛 퐁퐁 올라오던 샘물
땅 아래 무슨 손 계시길래
이리 맑은 물 올려 보내시나

퐁퐁샘 따라 동그래진 빨래터
자리 비좁다고 방망이 몇 번 흔들어
바닥 휘휘 젓고 나면
또다시 퐁퐁 퐁퐁퐁

언니는 큰 빨래 흔들어서

하얀 빨래 하얗게

깜장 빨래 까맣게

동생은 작은 빨래 흔들어

양말은 양말대로

수건은 수건대로

그래도 돌아오기 아쉬워

발도 담그고 머리도 감고

그래도 못내 아쉬워

퐁퐁 퐁퐁샘

가슴에 길어 돌아오던 길

까망 염소 느릿느릿 풀 새김질하던 둑길

너울 너울거리던 밀밭

은하수처럼 반짝이던 모래밭

퐁퐁 퐁퐁샘은 어디로 갔나

어린 언니

어느덧 노인이 되고

보에 갇힌 강물은

퍼렇게 퍼렇게 멍들어가고 있는데

밥의 전설

검불 같던 엄니
며느리 눈치 보며
쌀보리 두어 박 싸주던 걸
옆구리에 끼고
안개 뿌연 동구 밖을 빠져나오는데
친정 곳 사람 눈에 띌까 겁나고
느티나무 보기도 무서워
뒤로 뒤로만 돌아 나왔디라

그때 니는
업지 않으면 한 발짝도 못 움직이는 니는
주인집 을출이한테 맞고
눈물 콧물 범벅이 되어
울고 있디라

아흔 살의 어머니
맹맹한 얼굴로 옛날얘기 하는데
예순이 다 된 셋째 딸
아이구, 세상에

아이구
환하게 터진 얼굴에
저 홀로 쏟아지는
막무가내 눈물

그러던 어머니
스스로 부자가 되어
난 이제 행복하다 하시네
허리 무너져
바로 앉지도 눕지도 못함시로
밥술 걱정 없는 부자가 되어
행복하다고 하시네

아아
밥 먹고 살 만한 세상이여
하느님보다 존귀한 일이여
어느새 이 땅에서 사라진
밥 한 술의 경건함이여

나는 도서관으로 간다

하나의 삶이 끝날 때마다
나는 도서관으로 갔다
컴컴한 서고 사잇길을 걸어
나와 같은 통증을 찾아다녔다
서늘해진 그의 가슴에
내 가슴을 얹어 포개노라면
뜨거운 울음이 터져 나오는
동그란 봉분 같은 곳

깨진 유리알 같던
열아홉 시절
버스도 다니지 않는 동네
이재금* 선생께 막무가내 찾아가면
꽃같이 어여쁘시던 사모님
동치미 깨끗한 겸상을 차려주시던 오래의 묵은 기와집
유일한 교통이던 자전거 뒤에 앉혀
읍내까지 태워주시던 말씀
─살다가 힘들면 하늘을 올려다보렴

고개가 아프도록 위를 쳐다보다가

그것도 아득해질 때면 도서관으로 간다

꽃 같은 사모님도

교단의 이방인 선생님도

안 계신 지금

신호등 없는 네거리를 지나

모퉁이 몇 개를 돌고 돌아

부활의 전당 도서관으로 타박타박 걸어서 간다

* 이재금(1941~1997). 밀양 출생, 시인, 시집 『부끄러움을 팝니다』
  『말똥 굴러가는 날』 『나는 어디 있는가』 등

잠자리

솔개 혼자
심심해서 휘돌아 나가고
산자락도 아랫동네로 슬슬 내려오는 하오 세 시
느티나무 공터에
하늘도 꾸벅꾸벅 졸고 있는데

머리카락 몇 올을 건드리듯
어깨를 스치듯
사블—사블—사블

뒷꿈치를 스치듯
발가락 사이로도
송살—송살—송살

아, 물속에 송사리 떼라면
허공엔 잠자리 떼

겨울산

마른 잎 잔솔가지
탈탈 털어낸 하얀 등성이

나무와 나무 사이
부챗살로 벌어져

하얗게 빈 곳마다
그리움의 노래

메아리 푸르게 박혀
여기서 호오이 저기서 호오잇

지극한 유쾌함

서울 해바라기
경기도민(京畿道民) 중의 하나가
어느 날 문득
서울이라는 표지판 앞에서 길을 잃었다

서

울

이게 무슨 말인가.
사랑도 아니고 꽃도 아니고
그리움도 아니고 시냇물도 아닌
'서울'이라는 이름

나는 이렇게 길을 잃어버리고 만 것이
더없이 유쾌하다
내 이름도 이렇게 잊어먹고 싶다
그래서 산이던가, 구름이던가
다시금 헤매고 싶어진다

멀미

오롯이 한 동네서 살던 아지매
일 년 농사 머리에 이고
세상에 하나뿐인 아들네 가노라면
먼 먼길 몇 날 며칠 걸어서 가던 아지매
옛날엔 길갓집에서 한 밤을 쉬게도 했으련만
그것은 호랑이 담배 피우던 시절
아지매 자기 두 발로 바퀴 삼아 구르신다
때굴때굴 굴러서 가신다

부부

예전 비닐하우스로 분주하던
명일동 꽃길을 지나
여기가 서울인가 싶게 고요한
주몽재활원을 지나
가로수 짙은 동남로를 걸어
강동아트센터에 가면
푸른 옷, 붉은 옷의 두더지 한 쌍이 있지
마주 앉아 있지만
어깨 너머 비스듬히
허공을 보는

구부정한 어깨는
서로를 기대 포개지 않고
노쇠한 수족으로
스스로를 버텨내며
사이 빈 공간이야말로 영원의 곳간인 양
비스듬히 비껴나는 그들의 눈길
몸을 보는 것이 아니라

몸이 걸어온 세월을 보는 눈

석양의 마지막 빛이
단풍을 붉게 비추는 날
존재가 부서지는
깊은 상실을 체험할 때
자의식이 백발처럼 바래 흘러내릴 때
비로소 다가오는 순순한 평화

명일동의 뒷길을 걸어
고덕동의 주몽재활원을 지나
유난히 낙엽이 많은
강동아트센터의 누르스름한 정원엘 가면
구부정한 어깨로
서로의 하늘을 바라보는 노부부 한 쌍이 있지
사랑조차 무심해져
허공이 되어버린 한 쌍이

제2부

너도꽃나무

나도 꽃이런가

꽃샘바람에

꽃잎처럼 날려서 가네

바리데기 언니

옛날 옛날
간난이 상고머리 계집애
두어 살 더 먹은 언니
두 살 더 아래 동생을 업고
길을 나섰다

역전 마라보시 삼거리를 지나
먼실 안골로 가는 길
용케 차라도 지나갈 테면
뽀얀 먼지 앞을 가리던 자갈밭 신작로

큰 계집애가 작은 계집애
엉덩이 치킬 때마다
빨간 갑사 치마 위로 말리고
엉덩이는 아래로 빠져

세 번 네 번 치키다 숨이 차올라
미루나무 둥치에 기대

목에 매달린 동생을 내렸다
아침에 곱게 맨 저고리 고름이 풀리고
연분홍 리본도 먼지에 더러워졌다

큰 계집애 중년 아낙네처럼
허리를 쭈욱 펴고
고사리손이 아낙네 손바닥인 양
작은 계집애 이마를 쓰윽 훔쳐주었다

미루나무 꼭대기에 구름이 뭉게뭉게
멀리서 딸딸이 용달차
먼지 기둥을 달고 탈탈탈

오늘은 막내 이모 혼례식
키 큰 이모는
키 크다고 타박받아
팔십 리 노총각한테 겨우 시집가는 날

외갓집 마당에는 차일이 올라가고
초례상 양쪽엔 푸른 대나무
청홍 목기러기 사이에 두고
팔십 리 노총각 사모관대 차리고
안골 노처녀 연지 곤지 찍는 날

패랭이꽃 핀 고샅길
기름 냄새 고소하고
차일 자락도 외삼촌 두루마기 자락도
펄렁펄렁 춤추는 날

잔치 소식 신명 올라
큰 계집애 동생 치마저고리 입히고
꽃분홍 머리에 꽂고
엄마 아부지보다 먼저 나선 길

번데기 공장 엄마는
공원(工員)들 밥 준비에

동동걸음 치는데
얼굴이 까만 계집애
동생을 치켜 업고 길을 떠났다

네댓 살 되도록
걷기는커녕
일어서지도 못하는 동생을 업는 일이야
동네 숨바꼭질보다 더 흔한 일
갑사 치마저고리 곱게 입힌 동생을 업고
예닐곱 살 언니가 길 위에 올라섰다

가다가 쉬고
가다가 쉬고
쉬다가 또 가고
전라도 황토길 걸어 걸어 가다가
발가락 하나 빠지고 또 빠지던 문둥이 시인 한하운처럼

두 살 더 먹은 계집애가
두 살 더 어린 계집아이를 업고
몇 걸음 걷다가 궁뎅이 쑥 빠지고
몇 걸음 걷다 궁뎅이 아래로 빠지는 동생을 업고

외갓집 이모 혼례식에 가는 길
자갈밭 신작로 먼지 풀풀 날리고
미루나무 꼭대기엔 뭉게뭉게 구름이 피어올랐다

인연

이 봄에도 4699만 7천여 그루의 벚나무(더 많을까?)의 꽃
들이 활짝 피었겠지만 유독, 공교롭게도 내 앞에서 나부작
하니 꽃 핀 한 그루

나는 폰 사진을 몇 방 박고

오 ——— 래 눈을 맞추고

살래살래 걸어서 혼자 돌아왔다

바위

몇만 겁의 전생
더 갈 길 없어
이제는 바위로 눕는다
미안하다, 잘못했다, 이 말조차 부끄러워
차라리 바위로 누웠다

말없는 대지도
때론 속이 터질 듯하여
바위로 꾹, 눌러둔다
돌아앉은 심화(心火) 어쩌지 못해
그저 천년바위 밑에 들어가
꾹꾹, 눌러둔다

비바람과 쏟아지는 땡볕에
먼지가 될 때까지
허덕이는 사랑과 미움
바위 속으로 들어가 눕는다
스스로 바위가 되어 갇힌다

푸른 밤

하루의 불을 끄고
인공눈물 두어 방울 보태는데

문득
저 밑에서 올라오는 울음

아아
너는 어디에 있었던가

나는 지금
부숭한 이불 밑에
몸땡이 내려놓고

눈 코 귀 입 닫아걸고
사라지려는 찰나
너는 어디에 숨어 있다 쪼르르

내 마른 갈빗대
사다리 삼아
불쑥 올라온단 말인가

기우뚱한 집

기우뚱한 집에 살면서
눈은 늘 아흔아홉 칸 기와집
대나무 하나 꽂을 땅도 없음시로
마음은 언제나 저 먼 초원을 달려갔지

어느덧 먼 길 돌아 와보니 알겠네
외면했던 여기가 엄마 아부지 눈물로 세워진 기둥집이라
는 걸
추울 때마다 동기간의 땀방울로 뎁혀진 구들이었고
바람 불 때면 친구들의 손으로 맞잡은 처마라는 걸

툇마루에서 바라보는 앞산도
떨거럭거리는 관절 사이로 비쳐드는 햇살도
무상으로 주어지는 당신의 선물

저녁이면 하늘에서 마악 퇴근하듯
뚜벅뚜벅 들어서는 둥근 얼굴도
언제나 받아 안기 벅찬 품이었지

아흔 아홉 칸은 칸칸마다 지상의 양식 지어냈으련만
이 집은 무엇으로 대답하리
서산에 지는 석양 바라보며
기우뚱 기대앉은 두 사람의 어깨

직박구리 사랑

삼동 겨울 볕에 늙은 회화나무
누르스름한 넝마로 서 있다

허공이 강물인 듯
유선형으로 날아온 직박구리 한 마리
이 나무 저 나무 날아보다 넝마 위에 앉았다

오호
고개를 까딱 까딱거리다 삐익 삑 삑
여기야, 여기
아직 남은 깍지를 쪼아대며 식구들을 부른다
삑삑삑 삐익 삐익

저 멀리서 들리는 어머니 소리
얘, 며늘애야
와시글한 운동회
초가을 볕은 극성스럽고
백군 청군 아이들은 어린 당나귀처럼 뛰어오르고

고소한 찬합 도시락 들고 이고 온 발자국 어지러운 운동장

기우뚱한 이 한 몸
어디 둘지 몰라 엉거주춤한데
웅이 엄마야, 여기야, 여기!
한가운데 자리 비집어 잡아놓고
운동장 떠나가라 부르시던
엄니, 우리 어머니

밤비

비가 오려나

사뭇 선득해진 밤

보일러 잠깐 돌린다는 것이

새벽에야 화들짝 깨어났다

어느새 찜질방이 된 집

앞뒤 문 활짝 활짝 열었더니

늙은 고양이 회춘한 듯 활랑활랑 뛰어다니다

그나마 지쳐 조용해진 사위

어디선가 추적추적

추적추적

한없이 느린 소리로

높임도 내림도 없이

출─출─출─

추적 추적 추적 출─출─출─

문득 문설주에 기대앉은 여우 한 마리처럼

언제적 노래인가

어디서 불러보던 그리움이던가

똥─땅 똥─땅

흥부네 바가지 양푼에 울려 퍼지던 화음까지

똥-땅 똥-땅-또르르 땅-땅

겨울에도 꽁꽁 닫혀 있던 보일러가

꽃 피는 봄날 허벅지게 돌아가더니

분통 같은 아파트

사통팔방 허공으로 열려서

출-출-출-주룩-주룩

똥-땅 똥-땅-또르르 똥-똥-똥

가족

청솔같이 푸르른 우리네 청년들
웬일인가, 희망 잃은 N포세대가 되었다는데
빈손뿐 울집 청년은 큰소리 뻥뻥 친다네

든든한 송백나무 슬하의 애솔도
맥없이 자주 고개를 꺾는다는데
낙엽송 이 아드님은 기우뚱한 우리 앞에서 매번 큰소리친
다네

하하핫 입만 열면 뻥이네 뻥쟁이네
우리는 유쾌하게 흉을 보다가
뒤에서 젖은 눈시울 남몰래 훔친다네

붉은 꽃 뚝뚝뚝 떨구는 동백처럼
빨개진 아이의 목젖을 본 듯해서
우리는 돌아앉아 먼 산 오래오래 바라본다네

나보다 늙은 동생

역전 후밋길

오래된 침목을 따라

왕따 당한 듯 밀려난 화물차 몇 칸을 지나

서울행 기차칸 앞에 젤 먼저 서면

눈알이 빨갛게

숨이 쌕쌕거리는 누나

갓난아기 붙안듯

기차 위에 올려놓고

차가 꿈틀 움직일 때면

꽃잎처럼 날릴까 봐

언제나 속 졸이던 아이

그깟 계단 세 칸이 무어라고

얼굴 발갛게 달아오르는 누이가 가여워

잘 가라는 말도 못 하고

엉거주춤 서 있는 플랫폼의 긴 그림자

그 설움 어디 다 갔을까

문득 핸드폰이 사라졌다

가방과 옷 주머니

책상과 신발장까지 헤집는데

어허, 냉동실에 있었네

간고등어 옆에 얌전하게 누워 있는 폰

평생 네트워크와 안부와 겉치레까지

통으로 냉장고 안에서 얼고 있었네

바다 고등어의 푸르른 날개

A4 한 장짜리 철망을 우는 닭 울음과 함께

나란히 냉동되어 있었네

까맣게 잊어버린 나의 옛사랑

콧등이 빨갛도록 겨울 햇살 속을 내달리던 유년의 기억

반짝이며 흐르던 눈물방울도

지금은 어디에서 꽁꽁 얼어붙고 있을까

거기가 어디라고

새벽안개 자옥한 남천강 철교
꽃불 켜고 상행열차 달려가면
소녀는 어째서
맨질한 고무신 품에 안고
그리움에 떨었던가
한 번도 가본 적 없는
거기가 어디라고

해거름 툇마루 끝
어스름해진 산등성이
꼬리에 꼬리를 물고 달릴 때면
종이꽃 환하게 피워
산으로 오르던 상여가 생각나서
입이 합죽한 소녀
어째서 그리움에 젖는가
거기가 어디라고

팩트

뒤척이다 늦게 잠들어
현관문을 여는데
화르르 몰려오는 새떼 한 무리
안으로 들어올라 급히 문을 닫는데
그중 한 마리 쏜살같이 날아
가슴팍에 앉는다
그 육중함에 몸이 기우뚱 흔들렸다
겨우 참새한테, 그보다 커봤자
뼈조차 비운다는 새 한 마리가 아닌가
그러게, 이 몸이 부실해서 생긴 일이다
이게 다, 몸이 변변찮아서 일어난 일이다
시원한 몸에 갖가지 팩트가 난무하는 것처럼
시원치 못한 몸에도 허다한 팩트가 일어나는 것이다
이제 잠을 깨야 한다
아니, 잠속으로 더 들어가야 한다
안녕
모두들 안녕

해거름

불그스름 물드는
앞산을 보다가
바람도 없이 내리는
허공 속에 앉았다가
쪼그린 발을 바꾸는데
문득 치맛자락 아래 빠져나온 새끼 조막발

무슨 죄 그리 많아
발가락마다 옹크려 숨었는고
백주에 드러난 원죄처럼
얽히고설킨 파아란 심줄

아서라, 작은 게 뭔 허물이랴
엎드린 것이 무슨 잘못이랴
울고 웃고 흐느끼다
앙가슴 다 녹인 후에네라
기고 또 기다가
무릎뼈 다 닳은 후에더라

어쩌면

하루 일을 마치고
마주친 서녘 하늘

멀리 희미하게 끼루룩거리는 소리에
눈을 들어보니 새 떼들이다
수십 수백 마리 점처럼 먼지처럼
모이며 흩어지며 날아가는데

저기 먼 하늘에서
혹은 땅 끝에서 보고 있자면
여기 또한 날리는 먼지 한 점이겠지

까무룩한 좌절이면서
한편 위로가 되는

어슴푸레 지워지는 하늘을 보며
사람 하나 먼지 되어 풀풀풀
먼지 하나 사람 되어
터벅 터벅터벅

아직 다 태어나지도 않았는데

내 호적 나이 예순
이제 살 날보다 갈 날이 더 가깝다고 하지만
그런 말씀 마셔요
나는 아직 다 태어나지도 않았는데

엄마가 나를 업고 이 병원 저 병원으로 헤매 다닐 때
의사는 이 아이한테 미래가 없다고 그랬다지요
포대기에 싸인 나를 보고 사람들은 눈물을 흘렸다지요

아이들은 응아 소리로 힘차게 태어나 팔랑팔랑 뛰어다니다
어느새 와글와글 줄을 지어
소풍 길로 여행길로 떠나기 시작하는데
나는 여전히 교실 뒤 그늘에 핀 맨드라미랑 놀았어요
아이들이 떠나가고
햇살만 운동장에 출렁거릴 때
담장 그늘에 기대 가만가만히 돌아왔지요
도시락 대신 엄마가 준 백동전 하나 손에 쥐고

이유식 배우는 아가처럼

아직도 편한 건 죽 한 그릇과 햇살에 뒹굴거리기

사람들은 나보고 깨작거린다고 하는데

그러게요, 여태 물 한 컵 콜라 한 컵 벌컥벌컥 마셔보지
못했네요

언제나 한 모금씩 꼴딱 꼴딱

와구와구 살다가 떠나는 분은

언제나 꼭대기에서 살았던 분일 거예요

세상을 발아래 두고 마구마구 벌어서

천지의 식솔들 맘껏 먹이고 살렸을 거예요

제가 가끔 천치처럼 웃고 있으면

잡아달라고 내미는 손이 있어요

그러면 쪼르르 손을 잡고 놀기도 해요

하지만 금방 돌아서고 말죠

아가들은 금방 싫증을 내기 마련이니까요

그러니 갈 날이 가까웠다고 말하지 마셔요
지금 나는 그 길에서 멀리
더 멀리 떠나오고 있는 중이니까요
당신한테 가는 길 없는 길도
이제 겨우 한 발짝 내딛기 시작한걸요

폭소

비가 양동이로 쏟아졌다
자동세차기에 들어간 것처럼

귀신같이 어루비치는
붉고 푸른 불빛

핸들을 부둥켜안고 앞만 보는데
옆에서 계속 울리는 경계경보

조심하세요, 조심하세요
보기만 해도 너무 무서워요

그럼 눈 꽉! 감고 계셔요
이 말에 펄쩍 뛰어 오른다

난 세상에서 눈 감는 게 젤 무서워여
다시는 안 보일까 봐서욧!

둘이는 폭우 속에서 폭소를 터뜨렸다
그는 1급 시각장애인

수런거리는 적막

새벽이 어디 한두 번이던가
부푼 수(水)통을 비우고설랑
바싹해진 눈구녕 입구녕에 물 몇 방울 채워넣는다

밤마다 황천길 다녀오느라
피곤해진 발바닥 꾹꾹 주물러드리고
헛둘 헛둘, 굽은 다리 두 손으로 벌려
양쪽으로 쭉쭉 밀어드린다

가뜩이나 격무에 시달리는
어깨도 이리저리 흔들어드리고
의리로 뭉친 두 손
깍지로 꽈악 껴보는데

울엄니 여든아홉에 돌아가시기 전
한 십 년 아침마다 이불이 운동장이었다
삭정이 같던 몸땡이
주무르고 두드려서

느리게 느리게
시동을 걸어내시던 시각

나는 시집 한 권을 펼치다
침침해진 눈을 다시 감고
호흡이라도 해볼까나
짝궁뎅이 밑에 벼개를 받쳐
한껏 늘리어보는
숨, 휴우우

그러고 보니
안즉 목을 안 풀었네
시냇물에 종이배 띄우듯
왼편 오른편
우로 아래로

샛별이 뜨는가

가느다란 새소리 들리고
일어나는 바람에 흔들리는 쪽배 하나

긴 겨울 적막을 견뎠던
목련이 막 터지기 시작했는데
십 년을 그림자처럼 조용하신 엄니
동그랗게 말린 등으로
밥 한 그릇을 푸시다
손을 놓으신 그 새 아침

시 읽는 식탁

기우뚱한 부부
기우뚱하게 마주 앉아 밥을 먹는다
숭늉도 마시고 과일 쪼가리도 먹고
그래도 일어나기 저어하여
시(詩)를 또 먹는다

시 한 구절 젓가락으로 들어 올리면
이어서 마주 받고
그러다가도 슴슴해지면
옆 찬장에서 주섬주섬
부스럭거리는 소리에
―이제 그만할까?
―그러지 말고 또 읽어봐요
―(뭐라 뭐라~ 뭐라~~)
―오호~
두 사람 마주 보고 웃는다
―하나만 더
―그러자구

－이건 마지막 맛으론 약한데

　－그럼 눈물이 찡 도는 맛을 골라봐요

　－디저트는 뭐니 뭐니 해도 달콤하고 개운한 맛이지

짝짝 짝짝짝

　－시는 역시 읽어주는 게 제 맛이야

　－그래야 시가 통으로 들어온다니까

이냥 저냥

늙은 두 사람 시를 읽는다.

식탁에 앉은 김에

시나브로 시를 또 맛보는 것이었다

설거지하는 법

찰찰찰 수돗물 쏟아지는 개수대
고무장갑 따월랑 던져버리고
가뭄에 소낙비 맞는 굴참나무처럼 그렇게 설거지를 하자면
우선 담백한 그릇부터 샤워시켜
착착착 제자리에 놓는다

다음엔 기름 그릇
이제부텀 조치가 좀 필요한데 뜨거운 물로 일단 부셔내고
세제를 풀어 가벼운 기름부터 해체시켜나간다
거품 풀린 물을 다음 그릇에로, 또 다음 그릇에로, 하나
둘 셋 넷
기름때가 무거워지면 세제를 다시 풀고 참, 이때는 고무
장갑을 필히 장착해야 한다
하지만 개기름 쇠기름 비계기름 짬뽕이 되면, 이걸 어쩌
나, 세제를 통째로 들이붓고 수세미질을 다시 실시해야 하
는데
이때부터는 횡설수설 난센스 ──
봉두난발 ── 절차탁마 등등 어이상실

고로

가설라무네

어느 날 내 설거지도 삼빡하게 하고 가자면

어중이떠중이 잡탕 쓰레기 욱이지 말고 담백하고 간소하
게 써야 할 것이니

빈 그릇에 수돗물 쏟아지듯

하늘이 내 속으로 촵촵촵 내려오는 날

가비얍게 홀홀 날아서 가자면 ──── 끝

물의 노래

아래로
아래로
몸 낮추어 흘러가는 저 시냇물도
바람 만나면 흔들리고
구정물 들어오면 탁해지고

어느 날
햇빛 비치는 푸른 물풀 만나
다정한 손길 되어
쓰다듬고 또 쓰다듬고

이제 나 여기 살리라
노래하고 춤추며
울고 웃으며

그러나 멈춰지지 않는 이 몸
어제도 오늘도 허이허이 흐르다
어느새 마른 땅 만나

꺼이꺼이 스며들며
또 한 번 부활의 꿈을 꿈기도 하겠지

땅 위의 무엇이면
이 몸이 고귀할까
하늘 아래 무엇이면
이 몸만이 빈천할 것인가

제3부

눈물

내 몸이 스스로
나를 씻길 때

때 묻어 깜깜해진
나를 맑히려

어머니가 멀리서 길어 오시는
정화수 한 동이

하늘에서 내려오는
별빛 부스러기 몇 움큼

웃음

6월 6일 현충일

한 꼬마 앞에

허리 굽힌 머리 허연 대통령

일곱 살 사내애한테 눈을 맞추고

작은 두 손 꼭 붙들어 뭐라뭐라 하는데

동그란 바가지 머리의 아이가 하얗게 웃는 것이었다

아빠가 영원히 가셨는지 말았는지

고개 숙인 젊은 엄마의 검은 실루엣도

이 순간 까맣게 잊어버리고

그저 별빛 같은 웃음이

방글방글 날아오르는 것이었다

오래전에 이미 서로를 알았던 듯

하얀 햇살 같은 웃음이

가문 논바닥 물줄기처럼

하늘과 땅을 흠뻑 적시는 것이었다

인(仁)

겨우내 새파란 결기로 솟았던

앞산의 부처바위

춘삼월 팔랑팔랑 나부끼는 어린 손에게

수염 슬쩍 잡혀주시더니

어느새

질펀해진 녹음

멱살까지 잡혀주시곤

그래, 한번 놀아보시게나

은근슬쩍 뒤로 물러서시는

우리 집 앞산 부처바위

가난한 이웃끼리

난생처음 서울 올라와
부잣집 연탄 광 옆에 몸을 부렸다
옆에도 나처럼 홀로 사는 개의 집이었다
나는 아침에 나갔다가 저녁이 되면 돌아왔다
벨을 누르면 철커덕 열리는 자동 철문을 지나 돌계단을
올라 뒤로 꼬부라지는 이끼 낀 좁은 길
거기 막다른 구석에 홀로 지내는 독구가 부스스 일어나
꼬리를 흔들었다
마당은 울창하여 해도 달도 들지 않는 독구의 집 나의 집
쉬는 날이면 독구 집 수돗간에서 비늘 같은 나뭇잎을 걷
어내고 빨래를 빨았다
때를 지우면 지울수록 푸르스름해지는 나날들
그때마다 나만 바라보던 독구
나도 가만히 그의 눈을 바라보았다
나는 여전히 아침에 나갔다가 저녁이면 돌아왔다
이제 독구는 온몸을 떨며 나를 반겼다
그릉그릉 기쁨이 흘러넘치는 네 다리가 공중으로 솟구쳐
올랐다

그때마다 그를 주저앉히는 단단한 목줄

나는 그저 목발 끝 고무로 독구의 목을 부비부비해주었다

그는 그걸 끌어안고 빨고 비비고 버둥거렸다

오늘도 나는 사방에서 독구를 본다

그때 내밀지 못했던 어린 손

지금도 어쩔 줄 몰라 떨고 있는 이 손

산촌 1

땅거미 내려올 때면
슬글슬금 앞산이 먼저 내려와
문앞인가 했더니
어느새 무르팍 아래까지

어쩐지 몸이 무겁더라니
먼 곳 슬픔까지 데불고 와
은근슬쩍 자리를 펴는
당신의 긴 그림자

산촌 2

몸이 뜨거워
일어나보니 새벽 인시(寅時)
객사 문을 넘어
바짝 다가온 청산이
나를 안고 있네
밤새 그의 품에 안겨
꿈도 없이 잠들었네
어미 옆구리에 붙은
올망졸망 새끼 도야지처럼
풍만한 품에 안겨
그의 젖을 빨았네
땀이 나도록 빨고 또 빨았네

산촌 3

새벽 네 시
아침잠 많은 중생이
산사에선 어김없이 눈을 뜬다
그리고 무릎으로 기어
산 앞에 정좌한다

뭇새들의 지저귐
멀리 계곡물 소리처럼 아련하고
산은 아직 깨어나지 않은 듯
이파리 하나 흔들리지 않는다

산사의 몇 보름을 보내고
봇짐을 꾸리는 아침
홀연히
나무 천지에서
갓난 나무로 살다가

어느덧 짧은 한 생을 다하고
다음 생으로 내려가는 길
살아서 겪는
전생과 내생의 이 길
하산(下山)

시월

저기 양주 불국산 아래
막다른 삼거리
인적도 없이
간판 홀로 댕강거리는 선술집
뒤꼍의 어떤 나무는 벌써 옷을 벗었네
성질 급한 나무는
옷을 홀랑 벗어버리구선
하늘을 담았네
푸른 잎보다 더 무성한
갈 하늘
가지마다 걸었네
갈 하늘에 풍덩 뛰어들고 말았네

만장(輓章)

하늘 가득 나부끼는 깃발
희고 노랗고 푸르고 빨간 허공의 꽃
저 꽃 타고
훨훨 날아오를 수 있다면
생전에 그토록 그리웁던
히말라야 영봉(靈峰)
백두대간 봉우리마다 훨훨 날아
백두산 천지 푸른 물에 목욕하고
언제인가
어디였던가
욕계 색계 지나 삼계를 날아가겠거니
그러지 못할 죄업이라도
맘껏 한 번 훨훨 날아올랐으니
그 힘으로 또
사바세계 또 한 번
이승에 개똥밭 또 한 번 내굴려도 좋겠네
얼쑤!

건널목

어차피 바닥에 누울 거면

길이 되고자 했어

길이 될 거면

건널목이 되고 싶었지

이쪽에서 저쪽으로

저쪽에서 이쪽으로

그중에도 기왕이면 철도 건널목이 되고 싶었어

막대사탕 같은 차단기가 내리고

노란 모자를 쓴 영자 어머니가 깃발 두 개를 폼 나게 흔

들어

꽤액 꽥 소리 지르는 철마를 순하게 달래서 올려 보냈지

다시금 차단기가 올라가고

아이들은 타박타박

까만 침목을 밟아

먼 곳을 가슴에 담아 가지고 갔지

눈물을 바닥에 깔고

넘어져야 한다면

가장 납작한 길이 되고 싶어

먼 데서 빠앙 기차가 달려오면
뎅뎅뎅 수선화꽃 같은 종을 흔들어
뎅뎅뎅 흔들리는 별처럼
먼 길의 설레임을
발끝에 실어 타박타박
그 어린 발 다치지 않게
닳고 닳아서 어질어진
하얀 침목이 되고 싶어

도꼬마리 사랑

허청허청 약수터에 갔다가
산국화 몇 송이 보이길래
두세 걸음 풀섶에 내디뎠다고
치마 끝에 들러붙어 온
도꼬마리 가시
털어도 떨어지지 않고
욕해도 설움 타지 않는

그러게 다시는 사랑일랑
않겠다고 맹세하지 않았더냐
다시는 보지 말자고 약속해놓고선
어쩌자고 산찔레 덤불 뒤에서 서성댔던가
어째서 그쪽 하늘만 하염없이 바라보고 섰던 것이냐
심장에 들어붙어
떨어지지 않는 도꼬마리 사랑

일광욕

긴 비 끝에 환해진 베란다
늙은 아내 문 열어놓고
모과 잎에 내리는 햇살 보는가 싶더니
어느새 양말을 벗고 스웨터도 벗고
급기야 치마 훌떡 걷어 사타구니 쩍 벌리더니
난닝구까지 위로 번쩍

하나밖에 없는 영감
거실에 그림자로 앉아 화투 패나 떼고 있는데
할멈 왈, 우째 눈 한 번 안 돌리는공
영감 느릿하게 한 말씀
낙양은 꽃밭이로고
꽃은 자고로 훔쳐봐야 제맛이제

사랑이 아니면

내 어이 알겠어요
눈 뜨고도 캄캄하고
들어도 들리지 않고
말하고도 말한 게 없는데

머리 무릎 속에 꿍쳐 박고
울고 있을 때도
거기 당신이 있었나 봐요
그 좁은 틈 속에서
내 눈물 닦아내며
당신이 거기 있었나 봐요

그리고 자갈돌 아래
숨어 기다리다가
환한 보름달 뜨는 날
그 슬픔 모두 틀어쥐고
먼 바다 위에 띄우고 온다는 걸
어이 알았겠어요

당신이 하얀 달빛으로 봉우리에 걸렸다가
저기 소리 없는 강물로 흐르다가
바람 속에 차가운 진눈깨비 되어
내 무딘 살을 콕콕 찌르는 것을요

그러다 맑은 햇살로
내 가는 곳 온누리
따습게 감싼다는 걸
내가 어이 알겠어요

그러고는 시치미 뚝 떼고
그렇고 그런 남자
남다를 것 없는 사람 중 하나로
시린 내 옆구리에 슬그머니 앉는다는 걸

당신이 아니면
가없는 사랑이 아니라면
내 어이 알았겠어요

가을날

만추의 들녘처럼

비어서 어룽어룽대는

햇살을 보고 있으면

나도 문득 거꾸로 비워지고 싶다

겨울을 나기 위해

수분 한 방울까지 흘려보내는 저 산맥처럼

진득거리며 수런거리는 내 살 모두 흘려버리고

마지막 찌꺼기까지 볕에 바래

탁, 탁, 털어버리고

칼칼한 백골이 되어

저기 저 먼 백사장에서 깔깔거리며

모래와 자갈돌

송사리 떼와 숨바꼭질로

그렇게 키득키득 뛰어다니고 싶다

2월

매화꽃 가지마다 볼그레 일어나는데
천지에 희끗희끗 눈발이 날린다
겨울은 겨울의 법만 알아서
하얗게 흩뿌리는 손길

누구는 샘이 많아 꽃샘이라 했다지만
겨울은 그저 겨울 법으로 인사할 뿐
난분분 휘날리는 눈도 눈물도
그저 갈 길을 갈 뿐

어제의 우리도 흰 눈처럼 떠나가고
다시금 봄으로 볼록해지는 오늘
내일은 청녹음처럼 우거질거나
홍엽(紅葉) 되어 날아갈거나

하마 봄볕인가

천변 벤치에
쪼르라니 앉은 할매들
무슨 정담 나누시길레
빨강 모자 세 개가
연신 까딱까딱 하시네

오수(午睡)

봄이 오는가
밥 앞에서 침만 질질 흘리더니
간만에 북엇국 한 접시 먹고
혼곤하게 잠든 고양이
푸 푸 푸르릉 푸 푸
바늘만 한 콧구녕 바람 소리

봄날이 가는가
고양이 옆에 잠시 누웠는데
스믈스믈 내리는 잠
어느덧 목련꽃 지고
영산홍 요란하게 피어나더니
수줍은 모과꽃도 오늘 환하게 몸을 풀었다

다들 바쁜 하루
늙은 고양이와 과부 아지매
사이좋게 게으른
오후 한나절

춘분

— 벤치 연가

모처럼

어깨 한번 제치고

두 다리 쩌억 벌리고

하늘 햇살 독차지한 날

입춘 지나고도

꽝꽝 얼어붙었던

부용천 살래살래 흐르고

바람에도 설몃 초록 기운 스몄다

겨우내

햇볕바라기 노인네들

뭉태기 뭉태기 처매고 나와

내 몸 깔고 앉았더니

오늘은 삼삼오오 어디론가 가는구나

즐거웁게 가는구나

모처럼 나 홀로 가벼운 날

눌려 있던 몸 쭈욱 펴고

바람, 볕살, 새들 데불고
허공 속에 섞이나니

길 멩글어주고
자리 내주면 죽어서 극락 간다지만
이렇게 훌훌 비고 보니
여기가 극락이구나
천당이 여기구나

어슬렁거리다

숲에도 바람의 길이 있어
나무끼리 골을 지어
이리 휙 저리 휙 줄을 짓는데

그중에 꼭 뒷짐 진 놈 몇 있어
바람이 오거나 말거나
눈을 반쯤 감고 조으는 나무
배꼽 아래 두 손 딱 오무려
앞뒤로 끄덕끄덕
옆으로 흔들흔들

흐르는 물길도
울툭불툭 바위에
온몸 시퍼래지는 물살 있는가 하면

물풀 속으로 짐짓 들어가
제 그림자랑 노는 치 있어
심심하면 송사리나 올챙이

몇 붙들어
아랫배나 간질러대며

저녁 일찍 드시곤
뒷짐 지고 산에 오르시던
비탈집 아재처럼

그믐날 다 될 때쯤
슬슬슬 동네로 내려오기 시작하던
앞산 조막귀신들처럼

한 말씀

부처님도 쑥쑥 자라시나
우리 집 앞 수락산
젤 높은 등성이에 앉으셨네
그도 옆으로 비스듬히
눈일랑 아래로 뜨시고

기왕 앉으시려면
똑바로 봐주실 것이지
그래서 대복을 왕창왕창 내려주실 것이지
맨날 지지리 궁상 못 본 척하시고

    .

    .

    .

    .

    .

    .

    .

    .

.

.

어느 날 빙그레 웃으시며

한 말씀 하신다

큰 복 받아서 얻다 쓰게?

해갈

비가 온다
비도 모처럼 급작스레 내릴 땐
용을 써야 하는가
우르르 탕탕, 새벽 내내 몸부림을 쳤다

지금은 도로 위
매끄러운 차바퀴
자못 경쾌한 소리
하물며 푸른 초목과 뭇 생명들에게랴

쩍쩍 갈라졌던 논밭에
찰랑찰랑 윤기가 돌고
집 앞 부용천 송사리들도
유선형 몸매를 맘껏 휘돌리겠네

비가 온다
비님이 오신다
대지의 쌀밥 같은 비님이
사르락 사르락 내려오신다

허공의 사랑

사람과 사람
사이 공간이 있어

하늘과 땅
사이
허공이 있듯이

홀로 됨이
그리움을 낳고
그리움이 한 마음을 열어 사랑을 키운다

사람과 사람
하늘과 땅
이 간절함이 없다면
이 외로움이 없다면
그저 침대나 식탁처럼
욕망으로 배치한
궁거한 사물일 뿐

너와 나

사이

아득한 허공이 있으므로

이 작은 몸뚱이를 넘어

꼼지락 꼼지락 가지를 뻗어나간다

하늘에게

땅이 있어

종일 햇살로 토닥이고

밤이면 끌어안고 잠을 자듯이

외떨어진 나무가

이웃 나무에게 푸른 잎을 흔들어

새들을 날려 보내고

때론 달빛 이불 속에 한 몸으로 눕듯이

당신과 나

허공이 있어

가지를 뻗고
꽃을 만들고 그리고 별을 불러낸다

오
너와 나
막막한 허공
이 광막함이 나를 키운다
우리를 키워낸다

웃음의 시학

맹문재

1.

김미선 시인의 작품들은 궁극적으로 웃음의 세계를 추구하고 있다. 시인의 웃음 세계는 순조롭게 이루어진 것이 아니라 울음을 극복한 것이기에 의미가 크다. 약하고 착한 한 인간 존재로서 울음을 극복하는 일은 결코 쉽지 않다. 울음으로 인해 아파하고 갈등하고 자신을 회의하기 십상인데, 시인은 울음에 함몰되지 않고 웃음을 건져냈다. 자신을 고갈시키거나 포기하지 않고 포용해 울음과 창조적인 통합을 이루어낸 것이다. 곧 울음의 역설을 이룬 것이다.

융은 도망칠 구멍이라고는 없는 막다른 골목에 다다르거나, 갈등에 처해 해결책이라고는 없어 보이는 순간이 전통적인 개별화가 시작되는 때라고 말한 바 있다. 이는 사면초가의 순간을 말한다. 역설에 동의한다는 것은 곧 고통을 받아들인다는 의미이다. 이는 자아보다 훨씬 큰 세계를 의미한다. 이러한 체험은 우리가 더 이상 앞으로 나아갈 수 없다고 느끼는 지점, 해결책이라곤 전혀 없어 보이는 바로 그 지점에서 정확하게 일어난다.[1]

역설은 사면초가의 상황에 놓여 있는 인간 존재에게 일어난다. 한나라의 유방이 초나라의 항우를 포위하고 군사들에게 초나라의 노래를 부르게 하자 항우는 초나라의 백성들이 모두 붙잡혀 포로가 된 줄 알고 전의를 포기했듯이, 인간에게는 사방이 벽으로 둘러싸여 어떤 출구도 보이지 않는 상황에 처할 때가 있다. 구원자도 없고 탈출구도 보이지 않는 그 상황에서 자신을 포기하지 않을 때 역설이 일어난다. 자신에게 불리한 운명을 탓하지 않고 끌어안을 때 처지를 능가하는 힘을 발휘하는 것이다.[2]

김미선 시인은 울음의 고통을 회피하지 않고 자신의 그림자를 감싸 안고 마침내 일어섰다. 참담함이나 수치심이나 상처를 만족감과 자부심으로 끌어올렸다. 긍정의 정서를 형성하고 생활의 만족도를 높이고 생존 전략을 마련했을 뿐만 아니라 남을 배려하는 자세까지 가지게 되었다. 결핍감에 근거한 두려움이나 불만으로부터 벗어나 융통성 있는 사고력과 창의력으로 자기실현을 이룬 것이다.

시인의 웃음은 편안하거나 행복할 때보다도 어려움을 겪을 때 힘과 지혜를 발휘한다. "자주 웃음 웃고/더 흐느껴 운다"(「반말 선언문」)라거나 "환하게 터진 얼굴에/저 홀로 쏟아지는/막무가내 눈물"(「밤의 전설」)에 함몰되지 않고, 오히려 "이미 다 울었으므로" "이

1 로버트 존슨, 『당신의 그림자가 울고 있다』, 고혜경 역, 에코의서재, 2007, 116~117쪽.
2 맹문재, 「역설의 미학」, 『시대평론』, 시대, 2019년 상반기호, 210쪽.

젠 태양을 향해 일어설 일만 남았다네"(가난하다고 사랑이 없겠는가)
라고 노래하는 것이다.

2.

　하루의 불을 끄고
　인공눈물 두어 방울 보태는데

　문득
　저 밑에서 올라오는 울음

　아아
　너는 어디에 있었던가

　나는 지금
　부숭한 이불 밑에
　몸땡이 내려놓고

　눈 코 귀 입 닫아걸고
　사라지려는 찰나
　너는 어디에 숨어 있다 쪼르르

　내 마른 갈빗대
　사다리 삼아
　불쑥 올라온단 말인가

　　　　　　　　　　　　　—「푸른 밤」 전문

위의 작품의 화자는 "하루의 불을 끄고/인공눈물 두어 방울 보태는데//문득/저 밑에서 올라오는 울음"을 만난다. 그리하여 화자는 "아아/너는 어디에 있었던가"라며 당황한다. 그 어디에서도 보이지 않던 "울음"이 "부숭한 이불 밑에/몸땡이 내려놓고//눈 코 귀 입 닫아걸고/사라지려는 찰나" "어디에 숨어 있다 쪼르르" 나타났는지 놀라는 것이다. 화자의 "울음"이 무엇 때문에 생긴 것인지, 어디에 있다가 솟아올랐는지 알 수 없으나, "내 마른 갈빗대/사다리 삼아/불쑥 올라온" 것에서 보듯이 오랫동안 쌓여 있던 것은 분명하다. 인간의 삶에서 가지는 노여움, 슬픔, 미움, 두려움 등에 의한 것일 수 있으므로 "울음"의 원인보다는 그것을 극복한 면에 주목할 필요가 있는 것이다.

　　　　자주 나무한테 가던 시절이 있었네
　　　　듬직하면서 위로 쭉 뻗은 나무
　　　　팔을 힘껏 벌리고 가슴을 등피에 꽈악 붙이면
　　　　그의 심장 소리가 들려왔지

　　　　어디에 닿을 곳 없는 이마로
　　　　엎드려 고개 숙일 때
　　　　나무는 내가 닿는 자리마다
　　　　그의 이마로 현현했지

　　　　그의 몸에
　　　　내 몸을 붙이고 눈을 감으면
　　　　저 아래 묵은 서러움이 물관부 수액을 타고
　　　　흘리 흘리 니갔이

그러면 그럴수록 더욱 환해지는 부끄러움

그래도 나무는
나를 꼭 끌어안고
탁한 호흡을 가라앉히고
달콤한 수액을 내 몸 안으로 흘려보냈지

나도 너처럼 나무가 되고 싶어
언젠가 투정했을 때
그는 나직하게 웃대
우듬지에 매달린 잎들도 웃음이 되어 쏟아지대
햇살도 화르르 풀어졌지

　　　　　　　　　　　　　—「나무가 애인이던 시절」 전문

　위의 작품의 화자는 "자주 나무한테 가던 시절이 있었"는데, 그
것은 삶이 힘들거나 외롭거나 슬펐기 때문이다. 다시 말해 삶의
"서러움" 때문에 나무에게 다가간 것이다. 따라서 울음의 원인이
무엇인가보다는 "듬직하면서 위로 쭉 뻗은 나무/팔을 힘껏 벌리고
가슴을 등피에 꽈악 붙이면/그의 심장 소리가 들려"오는 것을 들
은 화자의 자세에 주목할 필요가 있다.

　"어디에 닿을 곳 없는 이마로/엎드려 고개 숙일 때/나무는 내가
닿는 자리마다/그의 이마로 현현했"다고 화자는 고백한다. "그의
몸에/몸을 붙이고 눈을 감으면/저 아래 묵은 서러움이 물관부 수
액을 타고/흘러 흘러 나갔"고 "그러면 그럴수록 더욱 환해지는 부
끄러움"을 느꼈는데, 그럴 때마다 "나무는/나를 꼭 끌어안고/탁한
호흡을 가라앉히고/달콤한 수액을 내 몸 안으로 흘려보냈"다는 것

이다.

화자가 나무와 함께한 행동의 결과는 바이오필리아(biophilia) 차원에서도 일리가 있다. 그리스어로 '삶, 그리고 살아 있는 세상에 대한 사랑'을 뜻하는 이 개념은 1984년 미국의 생물학자 윌슨(E.O. Wilson)에 의해 널리 알려졌다. 그는 인간은 자연으로부터 진화되었기 때문에 서로 연계를 필요로 한다고 보았다. 다시 말해 인간이 자연을 사랑하는 것은 인간이 살아남을 수 있도록 도와주는 존재를 사랑하도록 배웠기 때문이다. 또한 인간이 자연 속에서 편안함을 느끼는 것은 그 속에서 일생을 살아왔기 때문이다. 따라서 인간은 자연과의 연계를 생리적으로 필요로 하는 것이다.[3]

물질주의에 함몰된 인간은 점점 자연으로부터 멀어지고 있다. 인간으로부터도 소외되고 있다. 자연과 함께할수록 육체적인 건강은 물론이고 정신적인 건강이 증진되는 기회를 상실하고 있는 것이다. 따라서 위의 작품의 화자가 나무와 함께한 것은 참으로 다행이다. 나무의 냄새, 나무의 소리, 나무의 색깔, 나무의 인상, 나무로 쏟아지는 햇빛, 나무 사이를 스치는 공기 등은 화자의 "서러움"을 충분히 가라앉힌다. 화자의 걱정과 불안을 덜어주고 기분 좋게 해주고 에너지를 충전시킨다. 그리고 앞으로 어떻게 살아가야 할지 전략도 마련해준다.

하나의 삶이 끝날 때마다

---

3 칭 티, 『자연치유』, 심우성 역, 투른사상사, 2019, 22쪽.

나는 도서관으로 갔다
컴컴한 서고 사잇길을 걸어
나와 같은 통증을 찾아다녔다
서늘해진 그의 가슴에
내 가슴을 얹어 포개노라면
뜨거운 울음이 터져 나오는
동그란 봉분 같은 곳

깨진 유리알 같던
열아홉 시절
버스도 다니지 않는 동네
이재금 선생께 막무가내 찾아가면
꽃같이 어여쁘시던 사모님
동치미 깨끗한 겸상을 차려주시던 오례의 묵은 기와집
유일한 교통이던 자전거 뒤에 앉혀
읍내까지 태워주시던 말씀
ㅡ살다가 힘들면 하늘을 올려다보렴

고개가 아프도록 위를 쳐다보다가
그것도 아득해질 때면 도서관으로 간다
꽃 같은 사모님도
교단의 이방인 선생님도
안 계신 지금
신호등 없는 네거리를 지나
모퉁이 몇 개를 돌고 돌아
부활의 전당 도서관으로 타박타박 걸어서 간다
                              ㅡ「나는 도서관으로 간다」 전문

위의 작품의 화자는 "깨진 유리알 같던/열아홉 시절"을 보냈다고 토로하고 있다. 그 시기란 유년기에서 자라나 성인의 세계에 입문하기 전이어서 정신적으로나 육체적으로 갈등을 겪을 수밖에 없다. 한 인간의 정신적인 성숙이나 세계 인식은 저절로 형성되는 것이 아니다. 미숙하고 결핍을 안고 있는 존재로서 많은 갈등과 통증을 겪어야 하는 것이다.

작품의 화자는 그 과정을 지혜롭게 극복해나갔다. "하나의 삶이 끝날 때마다" "도서관으로" 찾아간 것이 그 모습이다. 화자는 "컴컴한 서고 사잇길을 걸어/나와 같은 통증을 찾아다녔"는데 "서늘해진 그의 가슴에/내 가슴을 얹어 포개노라면/뜨거운 울음이 터져 나오는" 것을 경험했다. 자신의 통증을 회피하거나 원망하지 않고 맞선 것이다. 미숙함과 불안감을 일시적인 방편이 아니라 근본적으로 치유한 것이다. 책 속에서 자신의 운명을 열어주는 상상력, 창의력, 지혜, 계획, 결단력 등을 발견한 것이다.

또한 화자는 갈등과 불안을 "이재금 선생께 막무가내 찾아가면"서 극복했다. "이재금"(1941~1997) 시인은 경남 밀양에서 태어나 서울에서 문예창작을 공부하고 고향에 내려가 한평생 교직 생활을 했다. 『부끄러움을 팝니다』『말똥 굴러가는 날』『나는 어디 있는가』 등의 시집에는 농민들의 삶에서 볼 수 있는 익살뿐만 아니라 밀양아리랑의 능청스러움과 신명이 들어 있다. "이재금" 시인은 화자에게 "유일한 교통이던 자전거 뒤에 앉혀/읍내까지 태워주시"면서 "살다가 힘들면 하늘을 올려다보"라고 일러주었다. 그리하여 화자는 "고개가 아프도록 위를 쳐다보"았고 "그것도 아득해질 때면 도시 긴으로 간" 것이다.

화자가 도서관에 찾아가 나아갈 길을 모색한 행동은 "꽃 같은 사모님도/교단의 이방인 선생님도/안 계신 지금"도 지속되고 있다. "신호등 없는 네거리를 지나/모퉁이 몇 개를 돌고 돌아/부활의 전당 도서관으로 타박타박 걸어서" 가는 것이다. 그곳에서 화자는 책을 읽고 사색하고 그리고 시를 창작하는 것이다.

3.

> 늦게까지 시집을 읽고 있는데
> 방문 지나 화장실로 가던 남편
> 비주룩이 딜다보고 그런다.
> ―왜 안 주무시나?
> ―자야지요.
> 무거운 돋보기를 벗고 답하는데
> 문을 닫아주고 가더니 다시 돌아와
> ―그만 주무시오. 그러다가 다 늙는다.
> 그 말에 웃는다.
> 주름이 빙긋이 웃는다.
>
> ―「비로소」 전문

위의 작품의 화자에게는 성장기에 가졌던 서러움이나 불안감이나 불만감은 찾아볼 수 없다. "늦게까지 시집을 읽고 있는" 모습에서 볼 수 있듯이 화자는 즐겁고도 주체적으로 공부하고 있다. 그리하여 "방문 지나 화장실로 가던 남편/비주룩이 딜다보고" "왜 안 주무시나?"라고 걱정할 정도로 관심을 받는다. 화자가 "자야지요."

라고 "무거운 돋보기를 벗고 답하는데/문을 닫아주고 가더니 다시 돌아와/그만 주무시오. 그러다가 다 늙는다."라고 농담반 진담반의 애정까지 전한다. 남편의 그 말에 화자는 "웃는다./주름이 빙긋이 웃는다". 시집을 읽는 화자는 행복하고 그의 남편도 행복하다.

기우뚱한 부부
기우뚱하게 마주 앉아 밥을 먹는다
숭늉도 마시고 과일 쪼가리도 먹고
그래도 일어나기 저어하여
시(詩)를 또 먹는다

시 한 구절 젓가락으로 들어 올리면
이어서 마주 받고
그러다가도 슴슴해지면
옆 찬장에서 주섬주섬
부스럭거리는 소리에
−이제 그만할까?
−그러지 말고 또 읽어봐요
−(뭐라 뭐라~ 뭐라~~)
−오호~
두 사람 마주 보고 웃는다
−하나만 더
−그러자구
−이건 마지막 맛으론 약한데
−그럼 눈물이 찡 도는 맛을 골라봐요
−디저트는 뭐니 뭐니 해도 달콤하고 개운한 맛이지
짝짝 짝짝짝

—시는 역시 읽어주는 게 제 맛이야
　　—그래야 시가 통으로 들어온다니까

　　이냥 저냥
　　늙은 두 사람 시를 읽는다.
　　식탁에 앉은 김에
　　시나브로 시를 또 맛보는 것이었다

—「시 읽는 식탁」 전문

　위의 작품에서 "기우뚱한 부부"는 "기우뚱하게 마주 앉아 밥을 먹"고 있다. "숭늉도 마시고 과일 쪼가리도 먹"는데 "그래도 일어나기 저어하여/시(詩)를 또 먹는다". "시 한 구절 젓가락으로 들어 올리면/이어서 마주 받"는다. "그러다가도 슴슴해지면/옆 찬장에서 주섬주섬/부스럭거리는 소리"를 낸다. 그래서 화자는 "이제 그만 할까?"라고 묻는데, 남편은 "그러지 말고 또 읽어봐요"라고 관심을 갖는다.

　그리하여 화자가 "뭐라 뭐라~ 뭐라~~" 읽으니 남편은 "오호~" 하는 만족감을 나타낸다. 결국 "두 사람 마주 보고 웃는다". 화자가 "하나만 더" 읽을까 하고 제안하자 남편은 "그러자구" 흔쾌히 동의한다. 그리하여 부부는 시를 읽으며 시의 맛을 또 느낀다. "시는 역시 읽어주는 게 제맛이야/그래야 시가 통으로 들어온다니까"라고 행복해하는 것이다. 인간의 소외는 지리적으로 외딴섬에 격리되어 있을 때만 생기는 것이 아니다. 오히려 자신의 의사를 다른 사람에게 전하지 못했을 때, 즉 의사소통이 제대로 이루어지지 않을 때 생기는 것이다. 그와 같은 차원에서 화자와 남편의 시 읽기는 웃음꽃을 충분히 피운다.

화자는 "식탁에 앉은 김에/시나브로 시를 또 맛"볼 정도로 시를 사랑한다. 뿐만 아니라 시를 사랑하는 남편까지 사랑한다. 시를 읽고 시를 쓰는 자신은 물론 자신의 시를 읽어주는 상대방까지 사랑하는 것이다. 그 사랑은 확대되고 심화되어 시를 읽지 않거나 시를 모르는 사람도 배척하지 않는다. 결국 화자는 시를 읽고 쓰면서 다른 사람이 자신을 알아주기를 바라기보다 다른 사람을 알려고 한다. 대상애(對象愛)로 나아가는 것이다.

화자가 "하하핫 입만 열면 뻥이네 뻥쟁이네/우리는 유쾌하게 흥을 보"(「가족」)듯이 취업을 하지 못하고 있는 아들을 기꺼이 끌어안는 것이 그 모습이다. "정신대 징집을 피해/부랴부랴 시집을 오셨다는 시어머니"며 "시삼촌 영수와 철수/한 분은 인민군/한 분은 국군에 징집되어/스무 살 어름에/목숨을 잃"(「차례」)은 식구들을 품는 것도 그러하다. "함경도 북청 출신인 그의 아버지 18번은/두만강 푸른 물에 노 젓는 뱃사공……/충청도에서 함경도로 시집갔다가 1·4후퇴 흥남부두에서 피난 나온 그의 어머니 18번은/눈보라 휘날리는 바람 찬 흥남부두에……"(「서러운 우리 강산에」)를 듣는 것도 마찬가지이다.

> 팽목항에 이르는
> 가없는 물결 몇만 년인가
> 팽목항에서 걸어 나오는
> 발자국 또 몇만 번째였나
> 거기 모퉁이
> 나무 한 그루 흔들리고 있네

아직 목이 가느다란 목련

그 끝마다 매달린 하얀 손

소리 없이 바람 없이도

스스로 흔들리고 있네

우리 여기 있어요

여기 우리요

서로서로 건들리면서

겹쳐지기도 하면서

4월의 안부

전해오고 있었네

석가모니 영원으로 화(化)하던 날

울음으로 달려온 애제자 가섭을 위해

두 발 관(棺) 밖으로 쑥 내미신 것처럼

꽃으로 화(化)한 우리 아해들

순정한 손 흔들어주고 있네

영원에서 영원으로

건너가고 있네

—「4월의 안부」전문

"팽목항에 이르는" "거기 모퉁이/나무 한 그루 흔들리고 있"는데, "아직 목이 가느다란 목련/그 끝마다 매달린 하얀 손/소리 없이 바람 없이도/스스로 흔들리고 있"기에 가슴이 아프다. "우리 여기 있어요/여기 우리요"라고 부르면서, "서로서로 건들리면서/겹쳐지기도 하면서/4월의 안부/전해오고 있"기에 더욱 그러하다.

짙푸른 바다 위에 떠 있다가 기울어가는 세월호며 긴박했던 상황들이 여전히 생생하다. 부정할 수 없는 사실은 구조할 수 있는 시간이 충분했는데도 불구하고 아무런 조치를 취하지 않아 세월호가 침몰하고 만 것이다. 수백 명의 목숨을 실은 배가 속수무책으로 가라앉는 모습을 본 국민들은 비참함과 슬픔으로 말미암아 주저앉고 말았다. 재난에 대응하는 현장의 지휘 체계가 제대로 없었고, 구조에 필요한 장비와 인력도 충분하게 동원하지 못했으며, 대형 사고에 대처할 수 있는 대책도 없었다. 그런데도 불구하고 정부는 무책임하고 몰상식한 태도로 유족을 대했다. 그리하여 세월호 참사는 과거의 사건으로 묻히지 않고 현재진행형으로 각인되고 있는 것이다.[4]

위의 작품의 화자는 세월호 참사의 슬픔이나 허무함에 주저앉지 않고 희생자들을 끌어안고 있다. "석가모니 영원으로 화(化)하던 날/울음으로 달려온 애제자 가섭을 위해/두 발 관(棺) 밖으로 쑥 내미신 것처럼/꽃으로 화(化)한 우리 아해들/순정한 손 흔들어주"는 것을 품는다. 희생된 아이들이 "영원에서 영원으로/건너가"기를 간절히 기원하는 것이다. 자기애가 분명하기에 대상애를 발휘하는 것이다.

4.

  어룽어룽 강물도 그늘이 져야 아름답다
  민듯한 물살이
  바람과 햇살에 자글자글거려야
  더 반짝이나니
  시냇물도 조약돌에 흔들려야

4 맹문재, 『세월호와 문학』, 『시와 정신』, 푸른사상사, 2018, 61~62쪽.

더 환해지나니

그러니 당신이여
내가 울 때
울고 있다고 말하지 마시라
나의 눈물이 방긋 웃고 있는 거니까
먼 길을 돌고 돌아
그제야 솟아나는 한 방울 샘물이므로

주름은 웃음의 어머니
눈물이 활짝 웃을 때 열리는 꽃
오랜 근심이 묵어 흘러내릴 때
뒤꼍에서 피어나던 튼튼한 맨드라미처럼
아 아
지극한 그리움이 피워낸
우담바라 꽃처럼

—「주름」 전문

　위의 작품의 화자는 "어룽어룽 강물도 그늘이 져야 아름답다"
고, "민듯한 물살이/바람과 햇살에 자글자글거려야/더 반짝이"고,
"시냇물도 조약돌에 흔들려야/더 환해"진다고 밝힌다. "그러니 당
신이여/내가 울 때/울고 있다고 말하지 마시라/나의 눈물이 방긋
웃고 있는 거니까"라고 노래한다. 눈물을 방긋 웃는 웃음으로 인
식하는 것이야말로 역설이다. 눈물을 흘릴 정도로 더 이상 나아갈
수 있는 길이 없다고 절망하는 순간을 회피하지 않고 받아들여 더
큰 기쁨을 발견한 것이다. 그리하여 자신이 기대했던 것보다 훨씬

더 큰 세계에 초대받았다. 눈물을 "먼 길을 돌고 돌아/그제야 솟아나는 한 방울 샘물이"라고 노래한 것이 그 모습이다. "주름"을 "웃음의 어머니"이고, "눈물이 활짝 웃을 때 열리는 꽃"이며, "지극한 그리움이 피워낸/우담바라 꽃"이라고 인식한 것도 그러하다.

자기애가 토대가 되어 있기에 화자의 노래는 품이 크고 견고하다. "아랫목을 먼저 차지하겠다고 싸우던 그들에게/한껏 군불을 넣어주고/돼지머리 국밥에 대포 한 주전자씩 안기던 아부지"(「아부지 가신 곳이 지평선 저 너머인가」)의 사랑을 받았기 때문이다. "네댓 살 되도록/걷기는커녕/일어서지도 못하는 동생을 업는 일"을 "동네 숨바꼭질보다 더 흔"(「바리데기 언니」)하게 한 사랑도 받았기 때문이다. 그리하여 "난생처음 서울 올라와/부잣집 연탄 광 옆에 몸을 부렸"을 때 "나처럼 홀로 사는 개"(「가난한 이웃끼리」)를 끌어안았다. "내 호적 나이 예순/이제 살 날보다 갈 날이 더 가깝다고 하지만/그런 말씀 마셔요/나는 아직 다 태어나지도 않았는데"(「아직 다 태어나지도 않았는데」)라는 자신감도 내보인다.

김미선 시인은 결핍의 기억이나 미지의 시간을 두려워하지 않는다. 그것들을 편안하게 받아들이고 다행스러움으로 여기고 그리고 호기심을 갖는다. 그리하여 일몰의 장엄함을 처음처럼 느끼고, 꽃의 아름다움을 숨 막히도록 사랑하고, 일상적인 만남을 설레는 마음으로 대한다. 주체성을 지키면서도 자기중심적인 사고에 갇히지 않고 다른 사람과 손을 잡는다. 결국 내면에 존재하는 웃음을 험난한 현실 세계에 끌어올려 꽃피우는 것이다.

孟文在 | 문학평론가 · 안양대 교수

너도꽃나무

봄날 횡단보도에서였다.
벚나무 가로수 꽃잎이 바람 불 때마다 화르르 날려 가는데
다리 부실한 나도 바람에 휘영청 날리는 게 아닌가.

나도 꽃이런가
꽃샘바람에
꽃잎처럼 날려서 가네

이렇게 메모를 해놓고 지난 어느 날 아침 '너도꽃나무'라는 말이 갑자기 퍼뜩 떠올랐다. 시집을 내고 싶어 했던 이유를 온 우주가 알았던 것처럼 사전에도 없는 이 단어를 마치 나한테 선물해준 것 같았다.